Analyse de l'œuvre

Par Alice Detober

La vie rêvée des chaussettes orphelines

Marie Vareille

lePetitLittéraire.fr

Analyse de l'œuvre

Par Alice Detober

La vie rêvée des chaussettes orphelines

Marie Vareille

Rendez-vous sur lepetitlitteraire.fr et découvrez :

Plus de 1200 analyses
Claires et synthétiques
Téléchargeables en 30 secondes
À imprimer chez soi

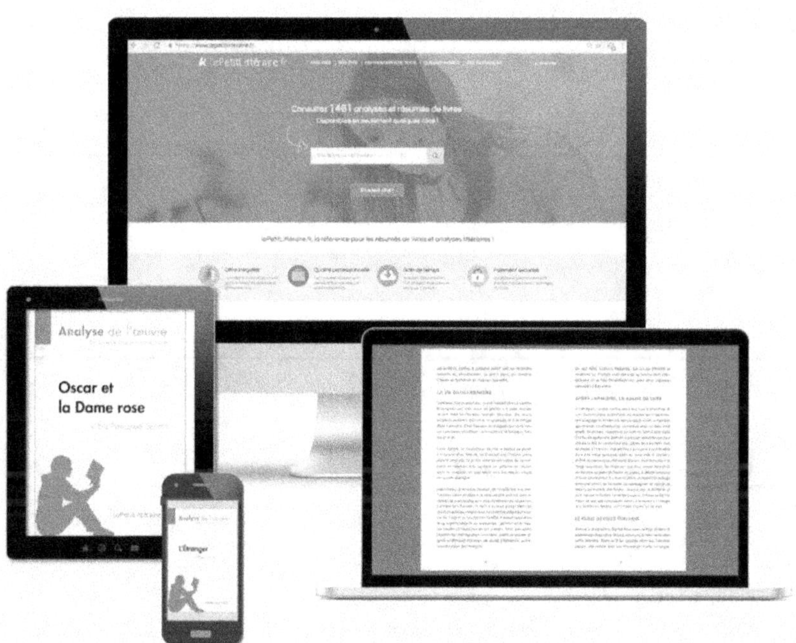

LA VIE RÊVÉE DES CHAUSSETTES ORPHELINES

UN ROMAN SUR L'AMOUR SORORAL

- **Genre :** roman
- **Édition de référence :** *La vie rêvée des chaussettes orphelines*, Paris, Éditions Charleston, 2020, 484 p.
- **1re édition :** 2019
- **Thématiques :** la relation entre deux sœurs, le journal intime, les problèmes de procréation et la fécondation in vitro, la perte d'un proche, une mission fantasque, la musique.

Alice Smith-Rivière, en exil, part des États-Unis pour s'installer en France, à Paris. Elle veut recommencer sa vie à zéro et la première étape cruciale, pour ce faire, est de trouver un job. Elle finit par être embauchée par Chris, fondateur de nombreuses startups ayant toutes échoué les unes après les autres. Ce boulot et les rencontres qu'elle y fera seront porteurs d'espoir pour Alice. Et si cette mission que Chris a confiée à EverDream devenait réalisable, c'est-à-dire développer une application qui permettrait de rassembler les chaussettes orphelines de par le monde ?

D'une part, le récît d'Alice est raconté à partir de son arrivée en France. D'autre part, le journal intime dans lequel elle écrit mentionne des faits passés, se déroulant à Londres et à Queenstown. Ce roman alterne donc entre deux temps : le passé et le présent. Le passé rapporté est celui qu'Alice passe avec son compagnon Oliver à Londres et sa sœur Scarlett. Dans le temps présent, on assiste de fil en aiguille à une remontée du passé dans le temps présent. Malgré le fait que rien ne se passe comme prévu ni pour Alice ni pour Chris, les personnages du roman vont évoluer. Alice arrêtera de vivre par procuration et finira par accepter de révéler sa véritable identité.

MARIE VAREILLE

ROMANCIÈRE FRANÇAISE

- **Né en 1985 en France**
- **Quelques-unes de ses œuvres :**
  - *Ma vie, mon ex, et autres calamités*, (2014), roman
  - *Je peux très bien me passer de toi* (2015), roman
  - *Le syndrome du spaghetti* (2020), roman jeunesse

Marie Vareille est née le 27 février 1985 à Montbard en Bourgogne-Franche-Comté. L'autrice est diplômée d'une école de commerce, l'ESCP-Europe, et de l'Université de Cornell. Sa carrière littéraire commence en 2014 avec la publication de son premier roman : *Ma vie, mon ex et autres calamités* (2014). D'emblée, l'écrivaine est intéressée par les thèmes de la vie quotidienne : l'amour, la famille et les imprévus. Elle aime particulièrement imaginer des situations chaotiques avec lesquelles ses personnages vont grandir. Marie Vareille a choisi pour son quatrième roman d'exploiter un thème qui revient fréquemment dans son œuvre : la famille et les diffi-cultés relationnelles. Alors, quoi de plus normal que de retrouver le genre du « journal intime » dans la structure romanesque de *La vie rêvée des chaussettes orphelines*. L'introspection est reine dans ce roman, à l'instar du journal intime.

À partir de 2016, elle initie une série : *Elia, la passeuse d'âmes*, qui sera composée de trois tomes. En 2017, elle écrit un essai sur le processus d'écriture et de publication :

Écrire un roman : comment devenir écrivain, écrire un livre et le faire publier. Enfin, elle est présente sur la toile via sa chaine YouTube « Marie lit en pyjama ». Pour ses livres, Marie Vareille obtient de nombreux prix. *Le syndrome du spaghetti*, roman jeunesse, remporte le prix Babelio 2021. Quant à *La vie rêvée des chaussettes orphelines*, ce livre reçoit l'engouement des lectrices qui se marque par l'obtention du prix des lectrices Charleston 2020.

RÉSUMÉ

LA VRAIE VIE D'ALICE SMITH-RIVIÈRE OU SON JOURNAL INTIME

Alice se questionne longuement sur la manière selon laquelle elle doit aborder son journal intime. Rapidement, il devient son confident. Elle lui raconte ses problèmes à tomber enceinte naturellement. Elle a 26 ans, son mari Oliver en a dix de plus et cela fait dix-sept mois qu'elle essaye de tomber enceinte, en vain. Tenir un journal intime va vite devenir un outil thérapeutique pour Alice. C'est par l'intermédiaire de ce carnet qu'elle va confier au lecteur le fait qu'elle était une enfant voulue par ses parents, mais qu'ils n'arrivaient pas à en avoir un naturellement. Alice est donc née d'une fécondation in vitro. La même année, Scarlett, sa sœur, est née naturellement. Contre toute attente, c'est Alice qui a été favorisée et Scarlett, la fille de sang, qui a été dépréciée. Tout au long de leur enfance et de leur jeunesse, la mère va valoriser Alice et rabaisser Scarlett.

Alice écrit beaucoup sur sa sœur. Elle raconte notamment comment elle a appris le célèbre morceau « Lettre à Elise » de Ludwig van Beethoven. Elle apprenait d'abord à jouer du piano sur un piano en carton. Alice voulait absolument que sa sœur puisse jouer sur un véritable instrument. La professeure détenant les clés de la salle de musique était malheureusement Madame Hamilton, cible des mauvaises blagues de Scarlett. Ce fait n'était pas en la faveur de Scarlett qui voulait avoir accès à cette salle. Alice réussit à négocier avec Madame Hamilton pour surveiller sa sœur lorsqu'elle se rendait en salle de musique. Petit à petit, Scarlett accède au monde musical grâce à l'aide bienveillante de sa sœur. En 2012, Alice écrit que Scarlett commence à travailler sur un album et qu'elle va même jusqu'à nommer son chat « David Bowie ». Alice aime aussi évoquer ses origines françaises lui venant de sa mère. Depuis toute petite, elle a développé une obsession pour la ville de Paris dans laquelle elle aimerait se rendre.

Après quelque temps où les deux sœurs n'avaient pas échangé et ne s'étaient pas vues, Alice mentionne que Scarlett reprend contact avec elle et lui annonce un rendez-vous avec son futur manager. Quant à Alice, elle s'exprime au sujet de sa sœur : « Je ne doutais plus qu'elle était destinée à une vie plus grande que la mienne, qu'à côté d'elle, je ne serais rien d'autre qu'un personnage secondaire destiné à la mettre en valeur » (p. 269). Alice se souvient du passé et de la passion de sa sœur pour la musique rock, elle avait auditionné des musiciens pour monter un groupe, qu'elle avait appelé « Blue Phoenix ».

Le 10 mars 2012, Alice et Oliver ont pris une décision : ils vont entamer les démarches pour faire une fécondation in vitro. Alice sera suivie par sa gynécologue. Le 26 mars 2012, Alice apprend que trois embryons parmi les huit sont viables. Elle est heureuse et déchirée à la fois. Deux jours plus tard, elle confie être enceinte. Un mois et demi après, elle perd cet enfant. Scarlett vient réconforter sa sœur et insiste sur le fait qu'elle a encore une chance d'être enceinte avec les deux autres embryons.

Alice dit que si c'était le cas, elle les appellerait Fred et George comme dans Harry Potter. Scarlett a écrit une chanson pour sa sœur, intitulée *Sisters*. Avant qu'Alice soit séparée de sa sœur, elle lui donne un affreux bracelet qu'il suffira qu'elle regarde pour se sentir proche d'elle.

Alors qu'Alice raconte dans son journal intime qu'elle doit rentrer aux États-Unis pour enterrer son beau-père, elle ne sait pas encore qu'elle s'apprête à effectuer son dernier voyage. Étant donné que sa mère vient passer les fêtes de fin d'année à Londres chez elle, Alice doit trouver un vol pour rentrer, mais il y en a peu en cette période. Elle décide que Scarlett et Oliver prendront l'avion le 22 décembre et elle le prendra avec sa mère le lendemain. Alice pense retenter le coup avec ses embryons à son retour à Londres. À cause d'une interview ratée la veille de son vol et remise au jour du vol, Scarlett propose à sa sœur d'interchanger leur jour d'avion (« Tu prends l'avion aujourd'hui à ma place, et moi je prends ton vol demain à la tienne », p. 433). La dernière phrase qu'Alice a écrite dans son journal intime était à propos de cette histoire : « Et puis, de toute façon, qu'est-ce qui pourrait bien arriver de grave ? » (p. 434).

Au début, le lecteur est complément leurré par la construction narrative du récit de Marie Vareille. Il croit simplement en l'alternance du temps passé et présent comme une confrontation du passé et du présent d'Alice. Vers le milieu du récit, le lecteur assidu comprend tout doucement que la Alice du journal intime et celle du temps présent ne sont pas forcément les mêmes. C'est après la dernière page du journal intime que le lecteur apprend qu'Alice est décédée. Le journal intime d'Alice Smith-Rivière devient donc un témoignage de l'existence de celle-ci.

QUAND SCARLETT SMITH-RIVIÈRE DEVIENT ALICE SMITH-RIVIÈRE

Scarlett apprend que « le vol JFK-Heathrow s'est écrasé dans l'océan Atlantique cette nuit-là à 23h56. [...] La liste des passagers disparus a été publiée le lendemain dans tous les journaux. Mon nom est apparu à la place de ma sœur. Voilà comment officiellement, je suis morte à vingt-sept ans, comme Janis Joplin, Jimi Hendrix, Jim Morrison et Kurt Cobain » (p. 436). Scarlett est donc devenue une légende du rock de manière posthume. Elle a remporté plusieurs prix et son titre *Sisters* était en tête des ventes. « Rien n'est arrivé et comme une partie de moi n'avait pas vraiment envie de ressusciter des morts, je n'ai rien dit et je suis devenue ma sœur » (p. 439).

Lorsque le lecteur poursuit le livre après avoir lu les pages du journal intime d'Alice, il se trouve projeté six ans plus tard en 2018 avec une héroïne se prénommant Alice. Au fil de la lecture, il comprendra qu'Alice est en fin de compte sa sœur Scarlett. Quand nous parlerons d'Alice dans cette partie, il s'agira donc de Scarlett se faisant passer pour sa sœur. On assiste au débarquement d'une Américaine en France. Ça a de quoi la déboussoler : la langue, les kms/miles, les degrés Celsius/Fahrenheit, les rues, etc. D'entrée de jeu, Alice rencontre Jane Thompson qui lui trouve un appartement à Paris. Elle cherche désespérément du travail lorsqu'elle reçoit le message d'un recruteur sur LinkedIn. Il lui propose un rendez-vous le lendemain. Alice rencontre son futur patron, Christophe Lemoine. La boite qu'il veut monter s'appelle « EverDream » et son projet est de rassembler les chaussettes orphelines. Il ne l'annonce pas de cette manière à sa candidate : « Nous avons un projet unique qui va révolutionner la vie de l'humanité ! Nous développons actuellement une solution numérique secrète qui va aider à résoudre un problème universel et améliorer le quotidien de milliers de personnes » (p. 52). Alice s'interroge sur la santé mentale de cet homme lorsqu'elle apprend son projet. L'entretien n'est pas très concluant, l'associé de Christophe, Jeremy Miller a l'air froid et peu convaincu par la motivation d'Alice.

Contre toute attente, Alice est finalement embauchée comme secrétaire administrative. Ses collègues sont Victoire Hernandez, une stagiaire en web et Reda Chabi, un graphiste. Alice essaye d'obtenir les médicaments qu'elle avait aux USA, mais pour ce faire, elle doit rencontrer un docteur. Plus tard, lorsque Christophe organise une soirée surprise entre collègues et qu'il emmène tout le monde au karaoké, Alice finit par faire une crise d'angoisse en entendant *Wonderwall* d'Oasis, le premier morceau qui a démontré le talent de Scarlett. Quelque temps après, Angela Srinivasan, une amie d'Alice, décide de continuer à veiller sur elle par le biais de sa cousine Saranya vivant à Paris. Cette jeune femme est très exubérante, bavarde, sociale et égocentrée. Alice est perturbée par son caractère volubile, aux antipodes du sien. Plus tard, Jeremy proposera de conduire Alice et Saranya qui cherchaient un conducteur pour aller faire les courses pour la fête de Divali, ou fête des Lumières. En se rendant chez Jeremy, Alice tombe sur un vinyle de sa sœur Scarlett. Jeremy s'exclame : « c'est dommage, elle est morte trop jeune » (p. 187).

Alice reçoit une lettre provenant de Londres, c'est le docteur qui veut lui rappeler que ses embryons congelés en 2012 seront détruits en 2022. Après avoir fêté Divali avec Saranya et Jeremy, Alice reconduit Jeremy sur sa moto. Il lui propose de monter chez lui, elle refuse et regrette aussitôt. Alice refuse toujours de diner avec ses collègues. Elle se rapproche seulement de Reda en acceptant de faire des pauses en anglais avec lui afin qu'il s'entraine à parler dans cette langue. Après moult inquiétudes quant à la viabilité financière de la boite, Alice apprend que l'application est prête à être diffusée. En effet, Christophe jette son argent par la fenêtre en proposant des Teambuildings, des sorties et même des voyages alors que son projet n'avance pas.

Tandis que Jeremy et Alice se rapprochent, Christophe emmène l'équipe à Brest pour une retraite spirituelle. Jeremy, Reda, Victoire, Christophe et Alice arrivent dans un monde déconnecté et sont épaulés par Jehan le Preux et sa femme. Un soir, ils dansent tous et Jeremy réitère sa proposition à Alice. Elle le suit alors dans sa tente. Ils passent presque à l'acte lorsqu'Alice panique à nouveau. Il tente de la calmer, il lui propose de regarder un film en toute quiétude. Ils finissent par faire l'amour. Alice, névrosée qui doit avaler une dizaine de somnifères pour s'endormir, tombe dans les bras de Morphée en un rien de temps. Quand le retour au boulot est imminent, Alice dit à Jeremy ne pas vouloir s'engager dans une relation. Ils finissent par trouver un compromis : ils se verront tous les jeudis des semaines impaires quand Jeremy n'a pas la garde de sa fille Zoé. Alice devient accro à cet homme. Elle passe de plus en plus de temps chez lui. Elle comble la distance qu'elle a créée entre elle et les autres.

À la suite d'une conversation intense entre Alice et Jeremy, il analyse ses tocs et dit : « Et même sans ça, j'aurais compris qui tu étais la première fois que tu as dormi chez moi : je te l'ai déjà dit, tu chantes sous la douche, Scarlett » (p. 388). Alice, ou Scarlett, percée à jour par Jeremy, s'enfuit. Lorsqu'elle passe dans le métro, un guitariste chante *Wonderwall* d'Oasis, la rappelant à son destin. Alice s'enferme pendant deux semaines chez elle sans manger. Angela, prévenue par Saranya, elle-même prévenue par Jeremy, débarque chez Alice avec un serrurier. Alice explique tout à Angela et à sa psychologue.

L'IDENTITÉ RÉVÉLÉE : LA NOUVELLE VIE DE SCARLETT

Une fois qu'Alice s'est confiée à son amie et à sa psychologue, elle retourne travailler chez EverDream. Alice tente de s'excuser auprès de Jeremy pour sa fuite, mais la petite Zoé est très enthousiaste, car sa mère est revenue vivre à la maison. Zoé rend le bracelet qu'Alice avait laissé chez Jeremy. Un terme est mis à leur relation, Jérémy tente de recoller les morceaux avec son ex-femme. De son côté, Scarlett réfléchit à l'idée folle de donner la vie aux deux embryons de sa sœur, et décide finalement de porter ces enfants. Saranya va s'associer à Christophe pour créer un site de rencontre entre personnes âgées. Pendant cinq ans, Alice n'est plus en contact avec personne. Grâce à l'intermédiaire de Saranya, Alice retrouve Jérémy alors qu'elle est enceinte de jumeaux. Alice reprend son vrai nom, Scarlett, et sa nationalité française. Jeremy et elle s'installent ensemble. Il assiste à la naissance des jumeaux comme s'ils étaient les siens. Scarlett reprend contact avec sa mère pour lui présenter ses petits-enfants. Le deuxième album qu'Harry, le manager de Scarlett, attendait depuis dix ans arrive.

ÉTUDE DES PERSONNAGES

PERSONNAGES PRINCIPAUX

Alice Smith-Rivière

Alice est la fille de Françoise Rivière, Française, et de Matthew Smith, Américain. C'est par l'intermédiaire de ses études que Françoise arrive à Rhode Island et rencontre son futur mari. Le couple n'arrivant pas à avoir d'enfants naturellement essaye la fécondation in vitro. Grâce à un programme de recherche, Françoise et Matthew n'ont pas eu à dépenser d'argent pour ces démarches. Alice est née en janvier 1985 et morte le 22 décembre 2012. Elle rêve de travailler dans la traduction, à l'instar de sa maman. Elle est bilingue et adore lire. Elle a une amie riche : Ashley. Cette dernière a une sœur, Kelly, et un frère, Olivier. À l'âge de seize ans, Alice est admirative de la carrière de Richard Thornton, le père d'Ashley et Oliver. Il a réussi à devenir riche. Alice est très altruiste et veut travailler dans le monde de la finance au cas où les plans de sa sœur échoueraient. Oliver et Alice se mettent en couple et s'installent à Londres, mais Alice éprouve les mêmes difficultés que ses parents à avoir un enfant naturellement. En raison de ce combat constant pour la maternité, Alice devient dépressive et se rend fréquemment chez un psychologue qui lui conseille de tenir un journal intime.

Dès son plus jeune âge, Alice se comporte en grande sœur parfaite avec sa sœur. Plus grande, elle lui prête de l'argent à de multiples reprises et elle ne cesse jamais de croire au talent de sa sœur. Elle protège sa petite sœur en raison du manque d'affection que leur mère porte à Scarlett.

Après de multiples échecs pour arriver à tomber enceinte, Alice veut essayer la fécondation in vitro. Elle perd un enfant, mais il reste deux embryons viables. Elle veut retenter l'expérience, mais meurt tragiquement en compagnie de son mari, Oliver, dans un avion qui retourne à Londres. Elle meurt en quelque sorte à la place de sa sœur, car les deux filles avaient interchangé leurs vols pour que Scarlett puisse se rendre à son concert. On ne donne pas de description physique précise d'Alice, mais on sait que les deux sœurs se ressemblent fortement, mais se différencient par leurs styles et codes vestimentaires.

Scarlett Smith-Rivière

Scarlett est l'autre fille de Françoise et Matthew. Elle est considérée comme « un miracle de la nature » puisqu'elle nait de manière naturelle en décembre de la même année que sa sœur. Le prénom « Scarlett » est un hommage rendu à *Autant en emporte le vent*. Dès la petite enfance, Scarlett est rebelle et ambitieuse. Sa mère, contrairement à ce que l'on aurait pu penser, considère cette deuxième fille comme une corvée. Elle ira même jusqu'à dire que c'est pour cela que son mari Matthew les a quittés. Scarlett n'est pas très scolaire, elle est pourtant très intelligente. Elle se découvre assez rapidement un don pour la musique rock. Elle décide d'y croire et ne baisse jamais les bras. Elle finit par atteindre ses objectifs en sortant son titre *Sisters*, témoignage de la relation fusionnelle qu'elle entretient avec sa sœur. Elle écrit ce morceau dans les transports en commun lorsqu'elle se rend à Londres pour réconforter sa sœur de la perte de son enfant. Scarlett qui semblait désorganisée, toujours en retard, va changer radicalement. Lorsqu'elle propose à sa sœur d'interchanger leurs vols en se faisant passer l'une pour l'autre, elle ne s'imagine pas qu'il en coutera la vie à sa sœur. En conclusion de ce drame, Scarlett n'ose pas révéler sa véritable identité, car aux yeux de tous, elle est morte. Elle fuit donc son environnement et ses proches pour aller vivre à Paris avec son fidèle chat « David Bowie ». C'est alors que va naitre une toute nouvelle Scarlett se faisant passer pour sa sœur Alice. Sa vie est remplie de barbelés, autrement dit de distances qu'elle posera entre elle et les autres et de crises d'angoisse, lui rappelant sa vie antérieure. Elle s'attache les cheveux comme sa sœur le faisait afin que personne ne la reconnaisse. Elle trouve des jobs et fuit pour enfin arriver à travailler chez EverDream. Lorsque sa véritable identité est révélée au grand jour, Scarlett prend la décision de sortir un album, dix ans après le premier. L'homme si patient qu'elle rencontre au travail et de qui elle tombe amoureuse deviendra son compagnon de vie. Elle fera également le choix audacieux de donner naissance aux deux embryons congelés de sa sœur.

Jeremy Miller

Jeremy Miller est l'associé de Christophe Lemoine. Il a les cheveux bruns courts, la barbe noire et des yeux très bleus. Il a l'air sérieux, même froid. Il était très proche de la copine de Christophe qui est morte jeune. Jeremy ne semble pas croire au projet fantasque de rassembler les chaussettes orphelines. Il s'occupe de la partie technologique et média en partenariat avec la stagiaire, Victoire. Il a une petite fille, Zoé. Celle-ci est en garde alternée chez ses parents. Jeremy tente de résoudre les problèmes de couple avec son ex-femme, mais n'y parvient pas. Il semble sous le charme d'Alice/Scarlett quand il la rencontre. Il se comporte de manière froide avec elle, mais suite à l'aide qu'Alice fournit à sa fille, il décide de faire un pas vers elle. Il lui propose de la conduire faire les courses pour Divali et va à la fête des Lumières avec Alice et Saranya. À la fin de la soirée, il est ivre. Alice le reconduit et il lui propose de monter, ce qu'elle refuse. Plus tard, lors d'un Teambuilding, Alice et Jeremy se rapprochent. Elle va le rejoindre dans sa tente en espérant que son invitation tienne toujours. Leur relation sentimentale cachée commence et ne peut se poursuivre que selon certaines règles strictes. Ils ne doivent se voir que quand Zoé n'est pas là, un jeudi sur deux. Ils finissent par déroger à cette règle. Lorsque Jeremy comprend qu'Alice est en fait Scarlett, elle fuit et ne veut plus le voir. Par l'intermédiaire de Saranya, quelque temps plus tard, ils décident de se remettre ensemble. Il sera comme un père pour les deux enfants d'Alice que porte Scarlett : Fred et George.

Christophe Lemoine

Il déniche Alice Smith via son profil LinkedIn et lui propose de venir se présenter pour un recrutement le lendemain à The Space. Il trouve une stagiaire en webmaster, Victoire Hernandez, et un graphiste, Reda Chabi, pour composer son équipe. Christophe est licencié de l'Université de Montréal. Il a monté de nombreuses boites qui ont avorté. Il se présente comme un artiste bohème : les cheveux désordonnés, le luxe des écouteurs dernier cri, baskets et lunettes. Il est très enthousiaste à propos de son projet de rassemblement des chaussettes orphelines qui semble à Alice peu réalisable. Il se démène, met toute son énergie dans son projet, mais dépense plus d'argent pour la cohésion d'équipe (sorties, voyages, Teambuilding) que pour la diffusion de son application visant à rassembler les chaussettes orphelines. Ce projet échouera comme les autres. Christophe a perdu sa petite amie de l'école à l'âge de 17 ans, elle aimait les chaussettes orphelines. Ce projet était, d'une certaine manière, l'occasion pour lui de lui rendre hommage. Plus tard, Christophe s'associera à Saranya pour créer un site de rencontres amicales pour personnes âgées.

Angela Srinivasan

C'est une amie de longue date d'Alice Smith. Elle est indienne. Lorsque Scarlett a repris l'identité d'Alice, elle a également repris son CV. Angela et Alice ont travaillé pour la même banque aux États-Unis. À la suite d'une crise d'angoisse, Alice s'est fait virer de cette boite et a pris la fuite vers Paris en raison des menaces proférées par Erika Spencer, une fan ayant reconnu en elle la star de rock. Angela, malgré la distance, continue à écrire et à s'occuper d'Alice. Elle est une amie très fidèle. Elle lui donne le contact de sa cousine Saranya qui vit à Paris. Lorsqu'Alice s'enferme chez elle pendant deux semaines, Angela, inquiète, fait le voyage jusqu'à Paris pour venir la sortir de son état de dépression. C'est aussi le moment où Alice avoue à Angela qu'elle a repris l'identité de sa sœur. Angela habite à Brooklyn avec son mari Abbie et ses garçons. Elle est végane.

Saranya

Saranya est la cousine d'Angela. Elle fait la connaissance d'Alice dans un café dans lequel elles s'étaient donné rendez-vous. Son arrivée est très remarquée puisqu'elle crie dans le bar « Qui est Alice ? » pour finalement raconter toute sa vie à une autre Alice qui était présente dans ce bar. Elle est très bavarde et sociable. Elle accepte d'être la personne de contact d'Alice à Paris, car elle est la seule personne qu'Alice connait en dehors de son boulot. Plus tard, Saranya demande à Alice une voiture pour faire les courses pour Divali, la fête des Lumières célèbre en Inde. Saranya rencontre Jeremy qui se porte volontaire, elle lui raconte toute sa vie. Elle s'occupe de personnes âgées. Plus tard, Saranya sera l'intermédiaire par lequel Jeremy et Alice/Scarlett reprendront contact.

En guise de préambule à ces clés de lecture, on rappelle que la construction narrative de ce roman est particulière puisqu'elle alterne le temps passé via le journal intime d'Alice et le temps présent vécu par Alice/Scarlett. Le switch ou basculement final est très intéressant, car c'est le moment où le lecteur prend conscience qu'il a été leurré dans la lecture du roman. En effet, ce n'était pas la vie d'Alice qu'il pensait suivre via des analepses et dans le temps présent. Seules les analepses racontent la vie d'Alice Smith-Rivière alors que le temps présent débute lorsque Scarlett revêt l'identité de sa sœur. Le malentendu entre les deux héroïnes est surtout fondé sur le prénom. En plus de la construction narrative, il se dégage de ce roman de nombreuses thématiques importantes à prendre en compte pour le comprendre. Il s'agit principalement de difficultés relationnelles et de procréation qui sont mises en exergue dans ce roman, mais également du recours au journal intime pour parler de soi.

NŒUD IDENTITAIRE

L'imposture créée par l'autrice est révélée dans la fin du récit dans la partie présentée comme se déroulant dans le présent. Le lecteur apprend alors qu'Alice est décédée dans un vol d'avion. Tout semble donc s'éclairer : la « Alice » londonienne fraichement débarquée en France n'est autre que Scarlett qui a revêtu l'identité de sa sœur. Scarlett était considérée pour tous comme morte, elle n'a pas eu d'autres choix que de recommencer sa vie de zéro sous l'identité de sa sœur. Toute la difficulté du livre réside en cette question de nœud identitaire. Plusieurs indices sont distillés dans le récit pour nous faire comprendre qu'Alice est en fait sa sœur, Scarlett. Au tout début du récit, quand Jeremy rencontre Alice, il se demande pourquoi rien n'est écrit concernant l'année 2013 sur son CV. Il ne croit pas au motif du voyage autour du monde. Alice étant morte à la fin de l'année 2012, Scarlett a d'abord réfléchi un certain temps avant de revêtir l'identité de sa sœur. Lorsque Jérémy lui demande si elle a un lien de parenté avec Scarlett Smith-Rivière, Alice dit qu'on lui pose cette question depuis la maternelle, or à ce moment-là, Scarlett n'était pas encore connue. De plus, la réaction d'Alice lorsqu'elle voit le vinyle *Sisters* la trahit également. Autre élément : quand Reda s'interroge sur le fait de faire un tatouage, Alice lui rétorque : « Au pire, tu l'enlèves au laser ; s'il n'y a pas de couleurs, ça part plutôt bien » (p. 342). Scarlett avait des tatouages, contrairement à Alice ; lorsqu'elle s'est fait passer pour sa sœur, elle les a donc enlevés. Les courriers menaçants d'Erika Spencer sont en fait ceux d'une fan ayant tout découvert et ayant endetté Alice/Scarlett pour cacher son secret. Cette fan veut révéler la véritable identité de Scarlett.

LES DIFFICULTÉS RELATIONNELLES

Dans ce roman, comme dans bien d'autres d'ailleurs, les relations entre les différents personnages ne semblent pas simples : manque de communication, manque d'accompagnement par un tiers, disproportion dans les relations, etc. En effet, nous pouvons identifier d'emblée trois couples porteurs de difficultés relationnelles. Premièrement, les parents d'Alice et Scarlett qui ne s'entendent pas sur de simples questions de cinéma et qui, par un manque de communication, mettent en péril leur relation. Deuxièmement, la relation que Jeremy Miller entretient avec son ex-femme semble chaotique, même si nous n'en connaissons pas les raisons. Ils essayent, toutefois, à de multiples reprises de recoller les morceaux, sans doute pour leur fille, mais en vain. Enfin, Scarlett ne s'est jamais engagée dans une relation amoureuse par peur de l'abandon, sans doute en conséquence du comportement de sa mère envers elle. Plus tard, lorsque Scarlett, sous le nom d'Alice, entretiendra une relation avec Jeremy, elle précisera ne pas vouloir s'engager, garder les barbelés pour maintenir une distance. Scarlett fuit lorsque Jeremy découvre sa véritable identité ! Il n'est pas rien de rappeler que les parents structurent mentalement la vie de leurs enfants dès leur plus jeune âge. Par exemple, s'ils se disputent constamment ou ont l'habitude de fuir, leurs enfants pourraient continuer sur leurs traces ou réagir en faisant l'inverse.

Il n'y a pas que les relations de couple qui sont compliquées, il y a aussi des difficultés relationnelles entre des parents et leurs enfants. La mère Smith est un exemple en matière de relation filiale compliquée. En effet, elle rejette sa fille ou la considère comme moins que rien.

Disparités sororales

De manière plutôt naturelle, Alice et Scarlett sont davantage liées à l'un de leurs parents. Alice est, semble-t-il, la fille préférée de sa mère tandis que le père est plus attentif à la cadette. Ces différences de relation sont normales, ce qui est malsain est plutôt la différence de traitement entre les filles.

Par le journal intime d'Alice, on apprend que les disparités sororales entrainent des répercussions sur son devenir maternel. Pour la psychologue, toutes ces histoires sont liées.

Dès le premier abord, Alice compense la relation parentale nulle entre ses parents et sa sœur. Elle veille sur sa sœur en lui donnant ce qu'elle n'a pas : de l'affection. Ce « bébé accident » était pour Mme Smith un imprévu qui viendrait perturber ses plans. La mère Smith va même jusqu'à dire à une amie, en présence de Scarlett, que si Matthew est parti, c'est à cause de Scarlett qui n'était pas attendue (« Regarde, moi : Scarlett n'était pas prévue et résultat, Matt est parti », p. 95). Le lien de cause à effet que la mère Smith établit entre le départ de son mari et la charge de sa fille démontre la dangerosité de la relation mère-fille pour l'enfant. Cette mère est simplement toxique pour sa fille. En outre, un traitement différent est réservé à chacune de ses filles. Tandis qu'Alice a droit aux changements de petits plats et aux histoires sur son enfance, Scarlett n'a droit qu'aux injures et à l'indifférence. Alice est présentée comme la fille parfaite alors que Scarlett est considérée comme un échec. Si la cadette voulait interroger le fonctionnement familial monoparental, la mère la qualifiait de « pénible ». Tous ces éléments nous sont rapportés via le journal intime d'Alice.

Plus tard, Scarlett rapporte à Angela comment sa mère a réagi lorsqu'elle a appris que c'était Alice qui était morte :

> *Je suis allée voir ma mère, elle était folle de chagrin, elle m'a dit... que.... [...] Voir succéder sur son visage le soulagement de me voir vivante puis l'horreur, quand elle a réalisé ce que cela signifiait pour Alice. Comprendre qu'elle aurait préféré que ce soit moi dans cet avion, à la place de sa fille préférée. [...] – Elle m'a dit que c'était de ma faute... Que je n'avais jamais apporté que des problèmes dans cette famille et que... qu'elle ne voulait plus jamais entendre parler de moi.* (p. 438)

Alice pensait sincèrement être le personnage secondaire qui mettrait en lumière sa sœur. Et pourtant, c'est plutôt l'inverse qui s'est produit. L'ainée s'occupant de la cadette toute sa vie, la cadette se préoccupant de l'ainée dès sa mort. Scarlett, en se faisant passer pour Alice, perd son identité première et devient le personnage primaire qu'était sa sœur. Comme si ça n'avait pas été suffisant, Scarlett abandonnée par son père et rejetée par sa mère doit accepter la mort de sa sœur. Ce fait, elle ne pourra jamais l'accepter, elle tombera dans un délire psycho-maniaque en revêtant l'identité de sa sœur pour la faire vivre à nouveau, occultant sa propre identité.

Perte d'un proche

Les difficultés relationnelles proviennent parfois de grands drames tels que le départ ou la perte d'un proche. C'est en effet à la suite de la mort d'Alice que Scarlett va basculer dans des raisonnements psychologiques malsains pour sa propre personne. Elle va décider de devenir sa sœur comme si cette dernière valait mieux qu'elle. Elle va tenter à tout prix de conserver ce secret malgré les énièmes crises d'angoisse qui seront autant de témoignages des problèmes psychologiques qu'elle endurera. Cacher un secret d'une telle ampleur est difficile à tenir. Il fallait des conditions pour que cela marche, tel que : changer de boulot, vivre dans un autre pays et fréquenter le moins de gens possible.

Lorsqu'Alice entretient une relation amoureuse avec Jeremy, elle pose des conditions afin de ne pas être piégée. Alice ne peut pas sortir de sa « zone de confort » si ce n'est pour être découverte en tant que telle, en tant que Scarlett. Il n'y a pas que les crises d'angoisse à répétition qui sont un facteur démontrant la perte de sa sœur. Scarlett est aussi très attachée au bracelet qu'Alice lui a donné, elle ressent le besoin irrépressible de le toucher pour se sentir à la fois proche de sa sœur et savoir contrôler la crise d'angoisse qui approche. Quand on perd un proche, on le voit partout où l'on va, il nous accompagne. C'est aussi le cas de Alice/Scarlett qui ne peut plus entendre *Wonderwall* d'Oasis qui lui rappelle sa première et vraie vie : celle où elle était elle-même et ne vivait pas procuration.

Alice n'est pas la seule personne à avoir perdu un proche. C'est aussi le cas de Christophe Lemoine qui n'a pas fait son deuil de la même manière qu'Alice. Il a perdu son amie du lycée, son âme sœur et d'une certaine manière, il veut lui rendre hommage avec ce projet de chaussettes orphelines. Il suit une idée folle qu'elle avait partagée avec lui. Dans les deux situations, celle d'Alice et de Christophe, leurs techniques pour surmonter la tristesse et faire leur deuil vont les mener à leur propre perte. En effet, Scarlett, en se faisant passer pour sa sœur, annihile sa propre existence à devenir... Quant à Christophe, il se fourvoie dans des projets complètement fous.

LE JOURNAL INTIME : UN RÉCIT DE VIE

Dans ce roman, il y a une alternance entre deux temps : le passé et le présent. Le passé ne vient pas s'intégrer dans le présent par des analepses, retours en arrière. Il vient s'intercaler entre le présent de l'histoire et le passé via un objet transitoire : le journal intime. Cet objet est un témoin du passé, mais existe toujours au temps présent. Alice Smith est la diariste de son journal intime. Elle commence à y écrire le 20 aout 2011 jusqu'au 22 décembre 2012. Elle se trouve principalement à Londres lorsqu'elle tient celui-ci. Le lecteur est prévenu du changement de temporalité et de narration lorsque se présente sur la page un encart avec écrit « *Journal d'Alice* » suivi d'un lieu et d'une date, par exemple : « *Londres, 22 aout 2011* » et parfois même d'une heure « *7:05 p.m.* » (p. 29). Le récit écrit dans le journal intime d'Alice est toujours en italique. D'emblée, la motivation première qui a poussé Alice à tenir son journal intime est que sa psychologue le lui a conseillé (« *Si la psy veut que j'écrive un journal, je n'ai qu'à écrire. Il s'agit juste de poser des mots les uns après les autres. Rien d'impossible* », p. 29).

Le journal intime est un genre parmi d'autres de la grande famille des « récits de vie ». Il côtoie les mémoires et les (auto)biographies. Le journal intime peut également être de deux types : factuel ou fictionnel. Soit le journal est factuel, c'est-à-dire que l'auteur écrit lui-même son histoire, datée de vraies dates, le journal est authentique et parfois secret, la pratique d'écriture est hebdomadaire, voire quotidienne. Soit le journal est fictionnel, l'auteur invente un personnage qui tient un journal intime, daté de fausses dates, le journal intime ne raconte pas la vie de l'auteur, c'est un genre littéraire. Pour bien comprendre la distinction entre factuel et fictionnel, on peut recourir à l'exemple suivant : *Le journal d'Anne Frank* est factuel alors que *Le journal de Bridget Jones* est fictionnel. Dans le cas qui nous occupe, la situation n'est pas aussi simple. En effet, le journal intime est un sous-genre intégré au roman. Étant donné que le roman est fictionnel et pas autobiographique, le journal intime est par essence fictionnel. Le personnage d'Alice Smith et son recours à l'écriture sont des procédés romanesques inventés par l'autrice. Dans la diégèse du roman, le journal intime tenu par Alice est factuel puisque c'est elle qui l'écrit. Elle le tient secret et va même, pour renforcer cet aspect, écrire en français afin que son compagnon ne puisse pas le comprendre. Elle écrit de manière régulière pour se confier. En tant que tel, le genre du journal intime comme faisant partie du roman est donc fictionnel, mais l'autrice nous fait croire à un journal intime factuel par le biais de l'écriture régulière d'Alice Smith.

Alice se questionne beaucoup sur la pratique de l'écriture dans un journal intime : « Dilemme : est-ce que je dois m'y atteler en mode "Cher Journal" ? Ou m'inventer une amie imaginaire à qui j'écrirai tout ça ? Auquel cas il faudrait que je trouve un interlocuteur inspirant. Qui ? » (p. 29). Elle finira par choisir Bruce Willis et par s'adresser à lui. Le journal intime est discontinu, la personne qui le tient n'a pas d'obligation d'écrire chaque jour, mais seulement quand le besoin se fait ressentir. Les périodes peuvent être longuement espacées. Le journal se rapproche de la lettre, car comme elle, il évoque des souvenirs presque immédiats et généralement datés. Le journal intime note les humeurs, les impressions au moment où la personne écrit. Il est utilisé comme un recours dans les moments de malheur. En l'occurrence pour Alice, afin de vaincre sa douleur de ne pouvoir pas porter d'enfant. Le journal intime favorise le repli sur soi, souligne l'égoïsme et le cynisme. D'ailleurs, il est écrit en « JE ». Un journal permet d'exprimer son « MOI » centre des pulsions. Le côté narcissique du journal intime pousse même certaines personnes à porter une extrême attention à la vie de leur corps. Les thèmes de la maladie et de l'argent y sont récurrents. Le journal est un confident et doit rester secret. Le diariste confesse ses péchés dans son journal afin de s'améliorer, d'être une meilleure personne. Certains journaux intimes sont codés, de cette manière, seule la personne l'ayant écrit peut se relire. Le diariste relate donc des évènements dans son journal et fait des réflexions à propos de ceux-ci. Certains diaristes pratiquent ce qu'on appelle « l'écriture automatique ». Alice se renseigne sur la définition de ce type d'écriture : « L'écriture automatique est un mode d'écriture dans lequel n'interviennent ni la conscience ni la volonté » (p. 30). Le but de l'écriture est parfois flou pour certaines personnes qui pratiquent cette technique. « Je ne vois toujours pas comment ça peut m'aider à tomber enceinte. – L'écriture automatique permet d'extérioriser les sentiments négatifs. En écrivant ce qui ne va pas, ces choses négatives qui vous minent sortent de votre esprit, elles sont en quelque sorte expulsées sur le papier, en dehors de vous » (p. 61). Différentes motivations peuvent pousser un diariste à tenir un journal intime : le besoin d'écrire pour exprimer ses peines (utiliser le journal comme un refuge), écrire pour se chercher (trouver son identité), écrire pour soi-même (le journal intime est secret), écrire pour se décharger de nos problèmes, écrire pour combattre la solitude, écrire pour trouver qui l'on est, écrire pour trouver un sens à sa vie et sortir de la banalité du quotidien. Quoi qu'il en soit, tous les écrits sont uniques, peu importe la raison de l'écriture. Alice écrit davantage pour se décharger de ses problèmes. Le journal intime permet aussi d'avoir une vue d'ensemble sur ce qu'a été sa vie, comment on a vécu certaines périodes de notre vie. Il est aussi un témoignage de l'existence de la personne qui l'a tenu, qui à l'instar de celui d'Anne Frank, peut être porteur d'histoires ou de messages puissants. Même si l'on ne voit pas toujours son utilité, tenir un journal intime est un acte motivé.

PISTES DE RÉFLEXION

QUELQUES QUESTIONS POUR APPROFONDIR SA RÉFLEXION...

- En quoi le mécanisme par lequel Scarlett revêt l'identité de sa sœur est-il un mécanisme lié à son enfance et à l'abandon duquel elle a été victime ?

- Expliquez comment le lecteur assidu peut comprendre qu'Alice Smith, en dehors du journal intime qu'elle tient, est en effet Scarlett Smith. Montez un tableau et complétez-le d'éléments justificatifs.

- Relevez les différences de traitement entre les deux sœurs. Quel impact cela a-t-il pu avoir sur la relation entre l'ainée et la cadette ?

- Imaginez une suite différente à ce roman selon la thématique suivante : « Et si c'était Scarlett qui était morte à la place de sa sœur, que serait-il arrivé à Alice ? Serait-elle devenue une star du rock ? »

- Expliquez les raisons pour lesquelles le projet de Christophe Lemoine a échoué. Le problème des chaussettes orphelines est universel, qu'est-ce qui n'a pas fonctionné ?

- Créez le schéma actanciel de cette histoire : qui sont les adjuvants, opposants ? etc.

- Traduisez les paroles de la célèbre chanson *Wonderwall* d'Oasis, que révèle-t-elle sur la relation entre les deux sœurs ?

- Expliquez pourquoi le titre à succès de Scarlett, *Sisters*, est appelé comme cela. Quelles en sont les raisons pratiques et symboliques ?

- Définissez le journal intime par ses caractéristiques. De quel type est le journal intime d'Alice, quelles sont les motivations qui l'ont poussée à écrire ?

- En quoi le journal intime aurait-il pu être une aide dans la vie de Scarlett lorsqu'elle a perdu sa sœur ? Expliquez et justifiez.

- Comment s'appellent les jumeaux d'Alice ? Pourquoi voulait-elle leur donner ce nom ? À quel roman, adapté en film, ces noms font-ils référence ?

POUR ALLER PLUS LOIN

ÉDITION DE RÉFÉRENCE

- VAREILLE M., *La vie rêvée des chaussettes orphelines*, Paris, Éditions Charleston, 2020.

ÉTUDES DE RÉFÉRENCE

- DUMAS J., *Familles Toxiques – Les manipulateurs dans le couple et la famille*, Ideo Eds, 2015.

- JOUANNET P., *Quelle procréation pour demain ?* Pour la Science, n° 422 (décembre 2012), p. 66-73.

- SIMONET-TENANT F., *Le journal intime : genre littéraire et écriture ordinaire*, Paris, Teraedre, 2004.

- ZANONE D., Cours d'histoire littéraire, UCL.

Votre avis nous intéresse !
Laissez un commentaire sur le site de votre librairie en ligne
et partagez vos coups de cœur sur les réseaux sociaux !

lePetitLittéraire.fr

- un résumé complet de l'intrigue ;
- une étude des personnages principaux ;
- une analyse des thématiques principales ;
- une dizaine de pistes de réflexion.

**Retrouvez
notre offre complète sur
lePetitLittéraire.fr**

L'éditeur veille à la fiabilité des informations publiées,
 lesquelles ne pourraient toutefois engager sa responsabilité.

www.lepetitlitteraire.fr

ISBN version numérique : 9782808023573
ISBN version papier : 9782808023580
Dépôt légal : D/2021/12603/18

Conception numérique : Primento,
le partenaire numérique des éditeurs.